五三短律句　事始め

十島　空我

目次

はじめに

単なる言葉遊びです。

私には詩才がまったくありません。短歌を詠《よ》んだことも、俳句を詠《うた》ったこともなく、そんな高尚な経験は皆無です。

以前、『人生　ご破算で願いましては　ゼロと空の生き方』という本を自費出版で上梓したことがありました。その**はじめに**の言葉で、

老いた　人生を　降りる

と書いて、はっと気づきました。これは三・五・三ではないか、と。

短歌は五・七・五・七・七、俳句は五・七・五の定型を基調としています。これをもっと短縮して三・五・三で何か面白い言葉遊びができないかと思いついたので

す。たとえば、

鳶《とび》が　雨上がる　空に
澄んだ　空に雲　白く
生きる　ままならぬ　ままに
墨絵　枯木《こき》にモズ　一羽

これは単句です。作ろうと思えば連句もできます。

春の　花は散り　やがて
夏に　草が生い　茂る
秋の　訪れに　実り
終《つい》に　冬枯れて　枯淡《こたん》

枯淡とは、広辞苑によりますと、さっぱりしているなかに深いおもむきのあること、例に「枯淡の境地」とあります。心境が淡々としている様子のことでしょう。

七五調は、和歌の基本韻律です。七世紀後半から八世紀後半にかけて編纂された現存するわが国最古の歌集『万葉集』以来、千数百年間にわたって受け継がれてきた日本固有の文化です。

豆知識です。短歌はもともと和歌の一種だったものが、次第によく詠《よ》まれるようになり、平安時代以降、和歌といえば主に短歌をさすようになりました。俳句は俳諧の連歌の発句をもとに、それが室町時代に独立して、江戸時代に盛んに詠《うた》われるようになったものです。

いずれにせよ、七五調は、すでに日本人の血肉になっています。いくら軽薄短小の時代だとはいえ、五三調を提案しても、それが受け入れられると期待するのはまったくの誤算《ごさん》です。でも、アプリのラインでは「今、どこ?」「いつ、会える?」「いいね」といった単語もどきの会話がふつうに楽しまれています。

ですから、あながち意外とはいえないかもしれません。ともあれせっかく思いついたのですから、自分一人だけでも、どうなるか少し遊んでみることにしました。ただ名前がないと形になりません。そこで、短歌と俳句の頭と尾を結びつけて「短句」と名づけようと思ったのですが、調べてみるとこの言葉はすでに使われていました。短歌の上の句五・七・五を長句、下の句七七を短句と呼ぶ習わしがあります。やむを得ません。とりあえず、そのまま「五三調の短律句」、これを簡略化して「五三短律句」と名づけることにしました。語呂が悪いので、もっと短くて良い名はないかと目下思案中です。

作句の極意は、ブルース・リーが「燃えよドラゴン」で吠えたあの名セリフ「考えるな、感じろ」でしょう。句はおおまかに「考えを言葉にする句」と「感じが言葉になる句」の二種類に分けられます。前者を「考えた句」、後者を「感じた句」と呼ぶことにします。ただし、句作において、「考える」と「感じる」とは、二つに画然《かくぜん》と区別できるものではありません。

芭蕉の名句「古池や蛙飛びこむ水の音」、「閑さや岩にしみ入る蝉の声」は何度も何度も推敲を重ねた結果だと聞きました。最初は、感じたまま直感的に言葉にしたのでしょうが、その後の推敲には当然、「字句をさまざまに考え練る」過程が介入します。ですから、「考えた句」と「感じた句」とに分ける場合には、「どちらかといえば」ということになります。

とはいえ、やはり人に何かを感じさせるには「考えた句」より「感じた句」の方がよいでしょう。ところが困ったことに、私が作る句はどれもこれも教訓的な「考えた句」になってしまうのです。現役時代は心理臨床家の端くれであったにもかかわらず感受性に乏しく、長い大学の教員生活のなかで、理屈っぽくものを考える習性が身についてしまったのです。

以下、参考までに、愚作を紹介します。そのほとんどは「考えた句」です。格言や標語みたいなものばかりで、例示にはちょっとまずい。しかも、ただ理屈っぽいだけでなく、

まずい　抹香　くさい

のです。愚作の句が「まずい」のはあたりまえのことです。私には言葉に対する美的情操がもともと欠落しているのですから。句がいいか悪いか、そんなことはぜんぜん気にしないでください。そんなことにこだわっていると、人間が小さくなります。

そうではなく、句が「抹香臭い」のが「まずい」のです。私の作句には抹香臭く教訓的なニュアンスが拭いきれません。長い人生においていつも仏教を中心に「人としてのあり方、生き方」に深い関心を寄せてきたせいです。いくら臭みを避けようと努力しても、どうしようもなく自分や自分の生き方が滲み出てしまいます。ご容赦ください。

しかし、これでは、ここで提案する「五三短律句」は仏教の話かと誤解されてしまいます。誤解されては困ります。五三短律句は仏教とはなんの関係もありません。何か意味ありげで、面白ければ何でも構わないのです。

私の経験に少しでも興味をもたれた方は、一緒に作句してみませんか。三・五・

三の定型を原則としますが、一句に一字程度の字余りや字足らずには目をつぶりましょう。その方が作句に幅がでます。

もし投稿していただけるときは、一言文章をそえていただければ幸いです。

投稿先は最後に記しています。

まこと　己《おのれ》こそ　よるべ

「己こそ　よるべ」という言葉は釈迦の教えです。釈迦入滅の間際に、従者の阿難が「尊師亡き後、何をたよればよいのでしょうか」と涙ながらに窺《うかが》いを立てたとき、釈迦が答えた「自灯明、法灯明」の教えはブッダ最後の説法として特に有名です。

この世で自らを島とし　自らをたよりとして　他をたよりとせず
法を島とし　法をよりどころとして　他のものをよりどころとせずにあれ

島とか洲というのは、ガンジス河の急流から突き出ている小高い地面のことです。世間の荒波を渡る時の安全地帯の具体的な喩えとして用いられます。島は漢訳で燈明と訳されることもあります。真っ暗な夜道を迷いながら一人淋しく歩いているとき、遠くに一つの灯火が見えるとどんなに心強いでしょうか。

自灯明というのはその灯火が自分自身だということです。
釈迦の言葉を正しく伝えたとされる原始経典『ダンマパダ』の第十二「自己の章」に次のような偈《げ》があります。

おのれこそ　おのれのよるべ
おのれを措きて　誰によるべぞ
よくととのえし　おのれこそ
まことにえがたき　よるべをぞ獲《え》ん（一六〇）

ただの「おのれ」ではありません。三行目の「よくととのえし　おのれ」こそがよるべとなるのです。「よくととのえし　おのれ」とは、法（釈迦の教え）を身につけたおのれのことです。ですから、「自己にたよる」ことは同時に「法にたよる」ことで、「自灯明」と「法灯明」とは実は同じことを言っているのです。

歩く　この道を　ひとり

これは陳腐な句です。「ひとり　この道を　歩く」という言葉はよく耳にします。もとを遡れば、これも釈迦の言葉です。

釈迦の教えは至極厳しいのです。『サンユッタ・ニカーヤ』に「一つの途《みち》を二人で行くな」という言葉があります。「おのれを措きて、誰によるべぞ」で、自分の人生は、結局は自分一人で歩む以外にないのです。一人で歩いてこそ自分の道を自分で拓くことができるのです。自分を救えるのは他でもない自分自身以外にないのです。原始仏典『スッタニパータ』の「犀の角」の章に次の偈があります。

至高の目的のために励み
心怯むことなく　怠らず
体力と知力を具えて堅固に

犀の角のようにただ独り歩め（四四）

激しい執着をなくすために　注意深く賢明に
学び　考え　教えを理解し　自制し努力して
犀の角のようにただ独り歩め（四六）

私がひとり歩く「この道」とは、いったいどんな道なのでしょうか。「どんな道でもない。ただの道、ただただならぬ、ただの道」。ただの道とは、誰でも通るふつうの平凡な道のことです。でも、その道は自分以外誰も通れない、通ったことのない道なのです。生まれるときも一人、死ぬときも一人、そして生きて人生を歩む道もただ一人。他にこの道を歩める人は誰もいないのです。それが「ただならぬ」ということです。**はじめに**の第四句「墨絵　枯木《こき》にモズ一羽」は、国の重要文化財に指定されている宮本武蔵の『枯木鳴鵙図《こぼくめいげきず》』をただ言葉にしただけのものです。凛とした孤高を感じさせます。

闇の一隅を照らす

「一隅を照らす」は、天台宗開祖の伝教大師《でんぎょうだいし》最澄が書いた『山家学生式《さんげがくしょうしき》』の冒頭の教え「一隅を照らす、これ即ち国宝なり」に出てくる言葉です。

一隅というのは、今自分がいる処、あるいはもっと端的に自分自身のことといっていいかもしれません。世間の片隅にいる自分がみずから光となって自分にご縁のある身近な周囲を照らし、その光の輪を世界に広げていくことが私たちに与えられた本来の使命であるという教えです。置かれた場所で人の愛《め》でる花を咲かせなさいということでしょう。

天台本覚思想の根本教理は「一切《いっさい》衆生《しゅじょう》悉有《しつう》仏性《ぶっしょう》」です。自らが光になるというのは、自分自身に光を当てて、私たちの誰にでも具わっている宝、すなわち仏性（仏としての行為）をわが身に顕《あらわ》すことです。

最澄の珠玉の言葉に「闇の一」と前置きするのははばかられますが、照らす対象は闇でしょう。闇に迷っている凡夫の自分を照らすのがまず第一です。そして、翻って光の届かない世間の片隅を照らすのが仏の慈悲であり、福祉の精神なのです。自利利他の生き方です。「闇の一隅を照らす」人が、社会にとってなくてはならない国の宝なのです。

回光《えこう》 返照《へんしょう》の 退歩

これは、道元の『普勧坐禅儀《ふかんざぜんぎ》』の序分に出てくる言葉です。坐禅のことを端的に謂《い》ったものです。日頃、私たちは、外にばかり目を向けてあくせく動き回っています。それをいったん止めて、何もせずにただ坐り、目を内に向けて自分自身を見つめろ、ということです。それに続く言葉は、「を学すべし」です。一心に坐禅（回光返照の退歩）に励みなさい。そうすれば、「身心自然《しんじんじねん》に脱落して、本来の面目《めんもく》現前せん」と結ばれます。「身心脱落」は、悟りの体験を表した道元独自の言葉です。悟りが開かれれば、本来の面目、すなわち真の自己（仏性）が自ら顕れる、というのです。

「一隅を照らす」には、坐禅が必須なのです。

坐る　ただ坐る　静か

本格的にはじめたのは還暦の頃ですから、もうかれこれ三十年近く毎日の朝のお勤めを欠かしたことはありません。

日常の雑事や考え事を離れ、正身端坐して深く静かに呼吸します。姿勢を正し、呼吸を調えるところまでは、何とかできていると思うのですが、心を調えて落ち着かせるのは至難の業です。毎回妄想乱心に悩まされています。長年真面目に取り組んではいるものの、別にどうってことはありません。無師独坐の野狐禅（独りよがりの禅）に過ぎませんので、悟りなどというものとはまったく無縁です。

はじめにの二番目の句「澄んだ　空に雲　白く」は、私がまだ経験したことのない悟りの境地を詠んだものです。仏教では、澄んだ青い空は悟りの境地、雲は煩悩の喩えとして用いられます。私たちは、日頃煩悩の黒い雲に覆われて迷いながら生きています。しかし、私たちの本来の心は澄んだ青い空である、と仏教は教えています。その真理を会得するのが悟りです。その境地が涅槃寂静（煩悩がなくなって心の静まった安らぎの境地）です。仏道修行はその究極の境地をめざしているのでしょう。釈迦や道元はいざ知らず、悟っても煩悩が完全に消え去ることはありません。しかし、そこに浮かぶ雲は黒ではなく白いはずです。私たち在家の凡夫がいくら真剣に坐ったところで、せいぜい灰色にでもなれば御の字です。それでも坐りつづけていると、一瞬それに近い状態になることはあります。身・息・心が一つになって清らかに澄み、とても安らかな気持ちになるのです。

私たちは、アタマ（心）では、自他・心身・正邪・善悪・愛憎・美醜等、二元分別の世界を生きていると錯覚しています。言語のもつ分別機能、概念化機能、実体化機能のせいです。しかし、本来、カラダ（命）は、二つに分かれる以前のあるがままにあるマッサラな全一的世界を生きているのです。このことに人は気づいていません。行《ぎょう》によってそのことに目覚め、そこに住《じゅう》している人のことを仏というのです。

半歩　半歩ずつ　前へ

坐禅のあと、必ず一息半趺《いっそくはんぷ》の「経行《きんひん》」（歩行禅）を行います。

一息吐いて吸う間に半歩だけ前へ進むのです。半歩というのは、爪先から踵までの半分の歩幅のことです。これを右足左足と交互に繰り出します。動いているのかいないのかわからないほど、ゆっくりと歩くのです。

手は叉手《しゃしゅ》といって左手の親指を内にして握り、手の甲を外にみぞおちのあたりに軽く当て、右の手のひらでこれを覆います。上半身は坐禅とまったく同じで、足だけが動くともなく静かに前へ進むのです。

人生もこんなふうに歩めたらどんなにかおだやかに過ごせることでしょう。けっしてどかどかと乱暴に歩いてはなりません。

読経　線香の　香り

経行のあと、線香を一本立てて、一点の火を見つめながら静かに読経します。毎朝、『般若心経』から始めて、白隠禅師の『坐禅和讃』、道元禅師の『普勧坐禅儀』、『弁道話』、『現成公案《げんじょうこうあん》』の順でゆっくり唱えています。『般若心経』と『坐禅和讃』は暗唱していますが、あとのものは経を読んでいます。

一筋の白い煙がゆらぎながら立ち上ります。まわりにはかすかな線香の香りが立ち込めます。火は気づかないほどゆっくりと下り、読経が終わる頃には燃え尽きます。火は私の命か。自分の人生もかくの如しかと思い定めて今日の一日が始まります。

衣に線香の香りが薫習《くんじゅう》するように、読経によって自然と仏の教えが身に薫習します。

写経も、『般若心経』を千巻、『坐禅和讃』を五百巻奉納しましたが、今は中断しています。

日々を　小欲に　知足

これは、釈迦の遺言といわれる『仏遺教経《ぶつゆいきょうぎょう》』「八大人覚《はちだいにんがく》」の冒頭を飾る「小欲・知足」の教えです。

多欲の人は、自分の利益ばかりを追い求めているので、その分苦悩も多い。それに比べて、小欲の人は無求無欲なので、多欲の人のように思い患うことがありません。小欲には実に多くの功徳があるので、ただちにそれを身につけなさい、と説かれています。小欲は涅槃なのです。

また、知足の人は、多くの苦しみから解放され、安らかな気持ちで暮らすことができます。たとえば足るを知る人は、地上に寝起きして暮らしても、そこが安楽の地であるのに、足るを知らない人は、豪華な宮殿に住んでも、まだ満ち足りることがありません。ですから、足るを知らない人は裕福に見えても貧しく、足るを知る人は暮らしは貧しくとも、豊かな気持ちでいることができるのです。

かいつまんで言うとこういう教えです。富や権力、地位や名誉など人間の欲望には限りがありません。そんなものはただ虚しいだけです。

これは逆説的な真理です。

咲いた　野に花が　そっと

私は、これ見よがしに咲き誇っているバラ園やチューリップ園の花を見るのはあまり好きではありません。庭師の人が丹精こめて手入れされているに違いありませんが、どこか人工的で、無理矢理咲かされているようで、かわいそうなのです。

それに比べて、道端や庭先にそっと咲いている名も知らない小さな草花を見るのが好きです。毎年春になると、私が経営している学園の園庭の片隅に白や黄色、薄紫の小さな草花が慎み深く咲きます。気にとめる人は誰もいません。でも、誰が植えるのでもないのに、毎年春になると同じ場所で可憐に咲いてくれる草花が、自分を重ねて見るせいか、愛《いと》おしくてなりません。大自然の神秘、生命の偉大さに感動すら覚えます。

庭の　草花が　けなげ

「たった一輪のスミレのために、日が昇り、風が吹き、雨が降る」という言葉があります。一本の草花が咲くのも大自然の営みの顕れなのです。このことを知れば、人はおのずから謙虚になれます。謙虚がなによりの美徳です。

私もかくありたいと願っています。

四季に　花の咲く　ふしぎ

うめ、もも、さくら。庭の木に花が芽吹く順序です。その季節になれば、なぜか毎年同じ順序で花が咲きます。私は、このあたりまえのことが、不思議でなりません。

四季折々にそれぞれの花が咲くのも不思議ですが、一個の受精卵が細胞分裂を重ねて十月十日で人間の赤ちゃんに劇的変身を遂げるのも不思議です。胎児の個体発生は、太古（約三十億年前）の海に誕生した生命の悠久の系統発生を再演したものだといわれます。羊水は古代の海水なのです。自然の営みはすべて人知をはるかに超えています。だから人はそれを神と呼ぶのでしょう。

かつて、私が現役で家族療法をやっていた頃の話です。一人の母親がダウン症候群の赤ちゃんを抱いて来談に訪れられたことがありました。母親は問い詰められます。

母「なんで私の子がダウンなんですか」

私「それはですねぇ、二十一トリソミーといって、二十一番目の染色体が通常二本のところ一本多く三本あるからです」
母「そんなこと私知ってます。本で読みました。なんで私の子がダウンなんですか」
私「それは高齢出産で…」
母「そんなことぐらい私知ってます。高齢出産はみんなダウンになるんですか」
私「いやそれは確率の問題で…」
母「じゃあ、なんで私の子がダウンなんですか」
私「それは神様が…」
どんな事柄でも同じ質問を三回続けられると、答えに窮し「それは神様が…」と言わざるを得なくなります。
実は、先の会話は仮想問答で、そのとき私は「なんででしょうね」と答えてあとは黙っていました。母親は事実を受け入れる以外どうしようもないことを百も承知なのです。ただ今はそれを受け入れることができなくて悩まれているのです。
私の長男もテンカン発作をもつ重度の知的障害者です。残念ながら、新生児の数パーセントはどうしようもなく障害児として生まれます。人はこれを自然の失敗だと考えがちですが、自然に成功も失敗もありません。自然はただ自然のまま働くだけです。あたりまえのことなのです。このあたりまえのことが不思議なのです。金子みすずの詩にもあるように、あたりまえだといって、誰もその不思議を気にしません。でも、それはそれでいいのではないでしょうか。自然の営みをいちいち子どものように不思議がっていては日常生活が成り立ちません。不思議をあたりまえのこととして受け入れるのが大人の知恵というものでしょう。

芽咲く　うめももに　さくら

昼の　白い月　あわれ

最近、昼間に月をご覧になったことがありますか。おそらく昼間の喧騒に煩わされて誰も見た人はいないでしょう。今ごろでは日が西に傾く頃、東の空にひっそりと遠慮がちに浮かんでいるのを見ることができます。空の青に染み、雲の白に染み、なんとも頼りなげな風情です。あまりにも影が薄いので、そこに月があることさえ、誰も気づかないほどです。

私は、いつのころからか昼間の白い月を、ある種の感傷をもってながめる習わしが身についてしまいました。見つめているうちに、なんだか哀れで、いとおしい感情がこみあげてくるのです。きっと白い月に重度の知的障害をもつわが子の姿を見ているからなのでしょう。

一方、夜に見る月は、こうこうと金色に輝き、まるで風情が異なっています。空いっぱいにキラメク星を従えて、夜空に君臨する女王のようです。人びとも、やれ十五夜だの、やれ中秋の名月だのと、月見の宴まで張って、その美しさをめでたたえます。

でも、考え違いしてはなりません。月には何の違いもないのです。昼であれ夜であれ、月はいつも太陽の光を浴びて輝いているのです。ただ自分の見上げる空が明るいか暗いかだけの違いです。

昼の白い月は〈あわれ〉と詠みましたが、〈あわれ〉は、広辞苑によりますと、人生の機微やはかなさなどに触れたときに感ずる、しみじみとした情趣という意味です。本居宣長は、この日本固有の情感を「もののあわれ」という言葉で表現し、これこそが日本文化の美的理念であると唱えました。このことは、日本人ならだれでも周知のことでしょう。

昼間、一度空を見上げてみませんか。曇っていなければ、どこか空の片隅に白い月が見えるはずです。その月に〈あわれ〉を感じるみんなの心が、この世の中を明るい平和なものにするのではないでしょうか。そして、そういう世の中でこそ、昼間の白い月ももっと存在感を増すことができるのだと思います。

亀の　歩みは　のろい

たしかに亀の歩みはのろい。まるで坐禅のあとの経行のようです。でも、のろいのは悪いことばかりではありません。

フランスに「ゆっくり行くものは、遠くへゆく」という諺があるそうです。亀の歩みがのろいのは、ただならぬことなのです。

イソップ童話の一つに『うさぎとかめ』の話があります。お馴染みの「もしもしかめよかめさんよ」という童謡の歌詞は、ほぼイソップ物語の内容に沿っています。誰かから聞いた話ですが、その中で善玉として描かれているはずのかめの行為にも批判される点があるのだそうです。かめはグッスリ寝込んでいるうさぎのそばを通り過ぎるとき、なんで一声かけてやらなかったのか、アンフェアではないか、というのです。きっとかめは勝ちたい一心で、こころにゆとりがなかったのでしょうか。実はそうではなかったのです。

私は、前にもあげた拙著『人生　ご破算で願いましては　ゼロと空の生き方』

で、この歌詞を独断的に新解釈しています。以下、その骨子だけを述べます。

もしもし　かめよ　かめさんよ／せかいのうちで　おまえほど／あゆみの

のろい　ものはない／どうして　そんなに　のろいのか

と、うさぎがかめをからかいます。怒ったかめは、無謀にも百%負け戦のかけっ

こを提案します。

なんと　おっしゃる　うさぎさん／そんなら　おまえと　かけくらべ／む

こうの　おやまの　ふもとまで／どちらが　さきに　かけつくか

でも、真珠湾攻撃の日本軍とは違って、かめには十分勝算があったのです。

先ほど述べたフランスの諺どおり、実は、かめは長距離競走に長《た》けたマラソ

ン・ランナーだったのです。かめは足がのろく愚鈍のようにみえますが、自分

をよく心得ていました。それに対して、うさぎは足が速く才気走ってはいますが、肝心の己のことについてはまったく無知の短距離選手だったのです。かめはそのことをちゃんとわかっていたのです。ですから、「むこうの　おやまのふもとまで」と提案したのです。「むこうの　おやまの　ふもとまで」いったい何キロあるでしょうか。一、二キロじゃききません。遠距離なのです。うさぎは、己のことも相手のことも何も知らないまま、うかつにもこのかめの策略に乗ってしまいます。もしうさぎがこの策略を見抜いていたら、

むこうの　おやまの　ふもとまで／とは、そりゃ　あんまりな／ほらすぐ
そこの　ポストまで

とゴールの逆提案をしたはずです。うさぎは、あまりにも愚か過ぎました。案の定、レースが始まると、うさぎは文字通り脱兎の如く駆け出します。全力疾走したせいで、一キロも行かないうちに疲労困憊してばったりと倒れてしまっ

たのです。うさぎは慢心し、油断して居眠りしたわけではありません。ですから、たとえかめが通り過ぎるとき一声かけたとしても、うさぎはもう立ち上がる気力さえ失っていたのです。私の解釈によりますと、これが真相なのです。

「うさぎとかめ」の童話は、「努力にまさる才能なし」という一般に世間で知られている教訓的な話ではなく、本当は、孫子の兵法を子どもにわかりやすく説いた話だったのです。かめは「自分がのろいけれども遠くまで歩める」ことを知っていたのに、うさぎは「自分がはやいけれども短距離しか走れない」ことを知りませんでした。勝負は最初から明らかだったのです。

亀の歩みがのろいのはけっして否定的な意味ではないのです。

シンプル　イズ　ザ　ベスト
スモール　イズ　ビューティフル

という言葉はよく知られています。私はこれに、

ショート　イズ　リファインド（洗練）
スロー　イズ　エレガント（優雅）
をつけ加えています。四《フォー》Ｓの人生訓です。

風に　竹林《ちくりん》が　さわぐ

あの禅の大家として著名な鈴木大拙が、仏教を西欧社会に広めるために渡米して最初に英訳したのが『大乗起信論』でした。ことほどさように、『大乗起信論』は大乗仏教の基本テキストなのです。

その『大乗起信論』に有名な「水と風」の喩えがあります。心の二種のあり方、つまり真実のあり方と現実のあり方をこの喩えで巧みに説明しているのです。

大海の水は本来波立つことなく静かでおだやかなもの(真如)です。これに(無明の)風が吹けば波立ち(生滅)ます。むろん、風が止めば波はもとの静けさに戻ります。風と波は不可分の関係なのです。しかし、たとえ波が絶えず生滅変化を繰り返しても、水そのものには何の変化もありません。波は水の相ですから、水を離れてあるわけではありません。しかし、水に波立つ性質が具わっていなければ、風が吹いても波立つことはありません。石がそうであるように。水は心の真実のあり方、波は現実のあり方の喩えです。

竹の林が風にさわぐのも、「水と風」の喩えとまったく同じことをいっています。風が吹かなければ、竹は揺れ動くことなく、まっすぐに立っています。でも、少々の風が吹いても、ざわつくことなく、安らかに落ち着いている。これが禅が目指す心のあり方なのでしょう。

これとよく似た言葉に、

風に　そよぐ葦

というのがあります。新約聖書のマタイ伝に出てくるイエスの言葉です。イエスは、洗礼者ヨハネにことよせて自分の存在証明を語っているのです。

11.7ヨハネの弟子たちが帰ると、イエスは群衆にヨハネについて
話し始められた。「あなたがたは、何を見に荒れ野へ行ったのか。
風にそよぐ葦か。8では、何を見に行ったのか。しなやかな服を

着た人か。しなやかな服を着た人なら王宮にいる。
9 では、何を見に行ったのか。預言者か。そうだ。言っておく。預言者以上の者である

ここに「風にそよぐ葦」という言葉が見られます。さわやかな詩的イメージが浮かびますが、意味は権力者の言うがままにおもねる定見のない頼りない人の喩えです。しなやかな服を着た人が王族の権力者です。荒れ野は、ヨハネが修行し洗礼する場所です。

「風にそよぐ葦」は英語では慣用句だそうです。人間はよく葦に喩えられます。パスカルの「人間は考える葦である」もそうです。葦は、水辺に育つ弱く細い草で、弱い存在の喩えなのです。

しかし、どうせ喩えるなら、葦より竹の方がいいと思います。竹はしなやかで強いのです。風になびいてもすぐもとに戻ります。葦と違って、地上の竹は一本一本独立しているように見えますが、すべて地下茎で結ばれています。こ

れと同じで、人間の意識は自我によって一個の独立した存在であるかのように思い違いしていますが、無意識は地下茎（無我）ですべての人やものごととつながっているのです。

だから、共感できるのです。

汝《なんじ》驕《おご》ることなかれ

「汝自身を知れ」。これはデルポイのアポロン神殿の入り口に刻まれている有名な古代ギリシャの格言です。神殿に入る者に「お前は神ではない。人間なのだ。このことをよくわきまえて決して驕ってはならない」と戒めた言葉だそうです。

ソクラテスがこの格言を座右の銘にしていたことはよく知られています。この言葉は、彼の「自己の無知」を知るための哲学的反省の出発点であり、彼の哲学的対話活動の生涯にわたる通底音をなしていました。このことは、拙著『サティ　気づけば変わる　釈迦の精神療法』や『禅マインドフル・サポート実践法の提言について』で詳しく取り上げています。

ソクラテスは、ソフィストを「何も知らないのに、何でも知っているかのように知ったかぶりをする輩《やから》」となじり、それに比べて自分は「何も知らないことを知っている」から世界で一番の賢者なのだと言ったと伝えられています。

本当にソクラテスがそう言ったかどうか真実はわかりません。おそらく「ソクラテス神話」なのでしょう。なぜなら、ソクラテスは「無知の知」を深く自覚した真に謙虚な人だったに違いないからです。私たち凡人はソクラテスと違って「知らないことを知らない」から何でも知っているかのように思い違いをして驕り高ぶるのです。

話は飛びますが、それにしても、さすが！　大谷選手のことです。米大リーグのMVP受賞決定の瞬間です。喜びを爆発させて飛び上がるでもなく、拳《こぶし》を突き上げるでもなく、犬をなでながらとても謙虚に淡々と感謝の気持ちを語っていました。アメリカのプロボクサーは、パフォーマンスとはいえ、醜いほど自分の強さを驕り、相手をけなします。これに対して、日本の相撲の力士は勝ってもガッツポーズをすることは決してありません。

謙譲は日本人の美徳なのです。

水に　月影が　やどる

この言葉は、道元の『正法眼蔵現成公案』の巻にある「人の悟りをうる、水に月のやどるがごとし」から取ったものです。悟りを月に、水をわれわれに喩えているのです。次に「月ぬれず、水やぶれず」と続きます。これは、悟りと人とが互いに妨げ合わない様子を示しています。もっと平たくいえば、悟っても別に何ら変わらない、もとのまま平常のままだということです。悟ってみれば、「柳は緑、花は紅」ということです。

さらにこれに続く文は、「ひろくおほきなる光にてあれど、尺寸の水にやどり、全月も弥天《みてん》も、くさの露にもやどり、一滴の水にもやどる」です。月の光は夜空を満遍なく照らすほど広く大きいけれども、尺寸、つまり小さな水にやどるというのです。次の文はこれを具体的に表現したものです。全月は満月、弥天は満天のことで、月だけではなく無数の星々をも含む満天の空、これほど悟りの世界は広く大きいのです。それが草の露、一滴の水にも等しいわれわれ人間の一人ひとりに宿っているのです。

夜空に輝く月の光はすがすがしく清らかです。一点の曇り（汚れ）もありません。その悟りが本来人にはみな誰にでも宿っていると言っているのです。人間捨てたものではありません。偉大なのです。残念ながら、それに気づいている人は誰もいません。

前句では驕ってはならない、謙虚であるべきだと詠いました。だからといって、自分を卑下してはなりません。自分にも本来清らかでまっさらな真の自己（月影）が宿されていると知るべきです。

気づく　ただならぬ　我と

「いったい自分は何者か」。これは人間存在の根源的な問いです。「本当の自分探し」は青年だけの特権ではありません。中年期、初老期、高齢期、人生いつの時期においても折に触れて頭に湧き起こってきます。

この問いと「何のために生きるのか」、「どう生きたらいいのか」とは三つ子のきょうだいです。でもこれは問うても詮無い永遠に答えのない問いです。にもかかわらず、生きてる限り問わずにはおれないのが人間です。

「いったい自分は何者か」。一応、「何者でもない、ただの人。ただただならぬ、ただの人」と答えておきましょう。ただの平凡な人です。「何者か」とそう粋《いき》がることもないでしょう。ただし、この私以外誰もこの私を私することはできません。この世で唯一無二の絶対的存在です。「天上天下唯我独尊」なのです。ただならぬとはそういう意味です。

「何のために生きるのか」。何かのために手段として生きるのではありません。

生きるために生きるのです。生まれたから死ぬまでただ生きるのです。そのただならなさに気づくために生きるのです。

そこには何の意味も価値もありません。本来、無意味な人生に過剰に意味を求めようとするのが人間のあさはかな性《さが》です。ないものねだりで、そんな幻想を追い求めるとただ虚しくなるばかりです。虚無感に悩まされるのがオチです。

「どう生きたらいいのか」。生きるとは何かをすることです。今この一瞬にできることはただ一つだけです。それをただやり続けるだけです。次に何をしなければならないかは、今自分がやっていることが教えてくれます。ゲーテも「処世のおきて」の中で同様のことを語っています。

毎日が何を欲するかを、たずねよ
毎日が何を欲するか、毎日が言ってくれる

人生は時々刻々と移り変わる日々の生活のなかで苛酷にも「今ここで、お前はどうする」と問いかけてきます。私たちはたじろぎながらもその問いに自分なりに精いっぱい実践的に解答しつづけなければなりません。それ以外に私たちの生きようはないのです。

「生きることがよろこびだ」というのは幻想にすぎません。生きることは、ただ「今、自分にやれること、やらなければならないこと」をやるだけのことです。人生において、ちっぽけな何でもないことを疎かにしてはなりません。人生はその一つひとつをやり遂げていく、小さな実績の積み重ねでしかないのですから。

「神は細部に宿り給う」のです。

捨てて　捨て切って　さらに

私は、現役のとき、心理臨床学、特に家族システム療法を専門にしていました。しかし、いわゆる心理臨床家育ちではありません。出自を辿れば、理論好きの生粋の実験屋でした。縁あって途中から臨床家に転向したので、臨床はまったく下手で成功例は一例もありません。何が成功なのかもよくわかっていません。悩みや問題を抱えてすがるような思いで来談された多くのクライエントや家族の方々には大変申し訳なく思っています。

しかし、根が真面目な方なので、心理臨床学の理論や技法はとことん勉強しました。心理臨床には、現在起こっている問題を解決する対処療法とその基盤をなす生き方そのものを改善する根治療法とがあります。私の関心はもっぱら後者の方にありました。いずれにせよ、クライエントと面と向かう臨床現場では、生半可な理論や技法では通用しません。「現実は理論より奇なのです」。今まで身につけた知識や理論は捨てに捨ててまっさらな白紙に成り切ることが肝要です。セラピストのあり方、それ自体が問題なのです。

句の最後の「さらに」には、もっと捨てろという意味の他に、まっさらのさら、更地のさらという意味も含まれています。

どれくらい捨てられるかでセラピストの力量が決まります。初心のセラピストは捨てるものが何もないので、習い覚え立ての一つの理論や技法にしがみつきます。でも、アタマだけで対処しようとしてもうまくいくはずはありません。まっさらな人間と人間同士の真の関係が心理臨床の大前提なのです。にもかかわらず、捨てて、捨てて、捨て切って、まっさらな自分になり切ることは、とても困難なことです。仏道修行はそれを目指しているのでしょう。しかし、心理臨床家もそれと無縁ではあり得ません。

さらり　とらわれを　捨てる

私はどうでもいい些細なことにすぐとらわれて思い悩みます。
とくに、過去の出来事にとらわれます。後悔してもいまさらどうしようもないことなのに、思い出すたびに胸がズキンと痛むのです。

過去に　とらわれて　悔やむ

何をくよくよ昨日ばかりを思い悔やむのか。

過去の　しがらみを　捨てる

ことができないのです。
また、「明日は明日の風が吹く」ので、何が起こるかわからないのに、明日のこともあれこれ気に病みます。
何をあくせく明日をのみ思い煩うのか。

明日を　くよくよと　悩む

これが私の悪い性癖です。考えてもわからないことを考えるから、いつもわからずじまいで腹だけが膨れます。

私は、人生の最高の達人は、赤塚不二夫が創作したあの「天才バカボン」のお父さんだと思います。彼はたとえ太陽が西から昇って東へ沈むような天変地異が起こったとしても、「これでいいのだ」と人生を達観しています。そして、何が起ころうと、そのすべてを絶対肯定的に受容します。これぞカウンセリングの極意です。

細かいことにくよくよとらわれて思い悩む自分を顧みて、天才バカボンのお父さんのように「これでいいのだ」と生きられたらどんなにか生きやすいだろうと呟いたら、うちのカミさんが平然と「そんなこと、どうでもいいのだ」と言い放ちました。「考えてもわからないことは考えるな」。これがカミさんのいつもの言いぐさです。カミさんは私と正反対で小さなことには一切こだわらない、とてもおおらかな性格です。豪快な肝っ玉かあさんなのです。「そんなこと、どうでもいいのだ」というカミさんの一言を聞いて轄然《かつぜん》と悟りました。私は、まだいいとか悪いとかの二分思考にこだわっていたのか、と。道元も、『普勧坐禅儀』の本宗分で「善悪を思はず、是非を管《かん》すること莫《なか》れ」とまっさらな気持ちで坐ることを勧めています。そうなのです。たいていのことは「どうでもいい」のです。

とらわれないことにとらわれすぎるのも問題です。ものごとは、何ごとによらず、中庸が大切です。

とらわれるのでもなく　とらわれないのでもない
我執を離れた　自由な心

それに　成り切れば　さとり

「それに」というのは、今自分がやっていることです。やっていることは何でも構いません。ただ今この一瞬にやっていることに成り切ってそれと一体になることです。禅では「三昧《ざんまい》」といいます。そうなればそれはもう「さとり」といっていいのではないでしょうか。野球の打者がヒットを打ったとき、一瞬球が止まったといいます。打者の仕事はただ「来た球を打ち返す」だけの単純動作です。その単純動作に成り切ったとき、球は止まったと感じるのでしょう。そこにヒットを打ってやろうとかホームランをかっ飛ばしてやろうといった邪《よこしま》な自分のはからいが介入すると、打てたものではありません。無私無心です。鍛え上げた身体が自然に反応するのです。球はひとりで飛んでいきます。

こういう言い方をするとすぐに、では、ゲーム依存症もさとりかという揶揄《やゆ》が入りそうです。むろん違います。さとりの極地は日常生活そのものです。やらなければならないことは無心にやりますが、止めなければならないときは即座に止めます。やることも止めることも自由自在なのです。それにとらわれることがないのです。でも、依存症は違います。いくら止めようと思っても自分では止めることができないのです。

ミヒャエル・エンデのあの名作『モモ』に登場する道路掃除夫ベッポの仕事ぶりも亀の歩みを思わせます。まるで一足半趺の経行です。『モモ』の作品のなかで、ベッポの人生観を述べた一節がもっとも強い印象を読者に与えるくだりです。

ベッポは長い道路を掃除するときの仕事のコツをモモに説いて聞かせます。いちどに道路全部のことを考えてはいけない。今やっていること、つまり「一歩、ひと呼吸《いき》、ひとはき」のことだけに全神経を集中すること、そうすれば楽しくなってくる。これがだいじなんだ、と。このベッポのこつこつと道路を掃除する姿に禅の修行者の影をみることができます。

重松宗育は『モモも禅を語る』の中で、これを禅でいう「三昧《ざんまい》」の境地だと把え、「一歩《いっぽ》＝一呼吸《ひといき》＝一掃き《ひとは》」を「ベッポ流の『数息観《すそくかん》』とみなしています。

数息観というのは、深く静かに呼吸しながら坐禅し、その呼吸に注意を集中して、ひとーつ、ふたーつ、みーつ、とーおになったら、またもとのひとーつに戻ります。これを何回も何回もくりかえしながら、次第に深い瞑想に入っていくのです。呼吸に成り切り、呼吸と一つになる手法のことを数息観というのです。

ベッポは、「一歩＝一呼吸＝一掃き」という単純な動作に全神経を集中することによって、仕事に成り切り、仕事と一つになる極意を身につけているのです。どんなに長い道路であっても、意図せずにいつの間にか掃き終わっています。エンデはベッポの口を借りて、大きな仕事をするときの心得を説き、見事に三昧の智慧を描いているのです。

「よく見れば　なずな花咲く　垣根かな」。この芭蕉の句で決定的に重要なのは、最初の「よく見れば」です。さとりといえば、すぐに無とか空が連想されますが、「見る」行為に成り切って主客未分の空の境地になれば、垣根に咲くなずなの花それ自体の本来の姿があるがままに顕《あらわ》れる、それを「さとり」というのです。

今を　わが・ままに　生きる

この句をみて「こりゃ何じゃ?」とびっくりされたことでしょう。私たちはふつう、「わがまま」を自分勝手、自分本位、あるいは自己中心と否定的な意味で理解しています。ですから、「わがまま」に生きることは許されないことです。

「わがまま」を広辞苑でひいてみてください。最初に出てくるのは、「自分の思うままにすること」とあります。「自分の思いどおりにしたい」というのは、人間のもっとも根源的な欲求です。

しかし、人間は一人で生きているのではないのですから、なかなか自分の思いどおりにはなりません。「ままならぬ　憂き世の定めと　諦めて」それでもなお生きつづけなければならないのです。それが**はじめに**の第三句「生きるままならぬ　ままに」です。

人間なんて「わがまま」なものです。自分のしたいことはしますが、したくないことは絶対にしません。したくはなかったけれども、仕方なしにしたという人がたまにいますが、したからには、それはしたかったことなのです。このことをはっきりと自覚的に気づくべきです。

私は知的障害者の支援施設を経営しています。「あなたは何のために福祉をなさっているのですか」とよく尋ねられます。「世のため、人のため」という答えを期待してのことらしい。私の長男は重度の知的障害者です。ですから、私は決まって「自分のため、わが子のためです」と平然と答えることにしています。相手は期待を裏切られて一瞬蔑視したような顔つきをなさいます。

そこで私は、「あなたはいったい何のために働いているのですか」と問い返します。相手はウッと答えに窮します。よくよく考えてみると、自分も同じように「自分のため、家族のため」にしか働いていないことに気づかされるからです。どんなに言いつくろっても「世のため、人のため」に働いているのではありません。なにより証拠に、待遇が少しでも悪化すると、すぐ辞めて別の職場に移ってしまいます。それを、「私は自分のことは一切勘定にいれず、ただ世のため、人のために生きている」と平気で宮沢賢治みたいなことをうそぶく人がいます。自己欺瞞もはなはだしい。そういう言葉を聞くと私は背筋に悪寒が走ります。偽の字は人偏《にんべん》に為と書きます。偽善とは、人の為になす善のことです。福祉はけっして「世のため、人のため」と自己犠牲的に建前でするものではありません。私の支援施設で実践する「マインドフル・サポート」は、これから述べる意味で、「自利利他」の布施行なのです。

世間は誤解していますが、釈迦は「一切衆生を救済するため」に出家したのではありません。ただ自分自身の耐え難い苦悩を解脱するためだったのです。その結果が二千数百年にわたって「一切衆生を救済する」ことになったのです。

自分のやりたいことを、ただ無心にやり続けることが、結果として意図せず「世のため、人のため」になっている、そういう自己のあり方が決定的に重要なのです。

常識的な「わがまま」と区別するために、句の「わが」と「まま」の間に中黒・を打っていることに注目してください。私のいう「わが・まま」とは、自他未分のあるがままの自分（仏）をあるがままに（仏のように）生きようということです。奥が深いのです。ただ、自分のやりたいことをやりたいようにやる、それがとりもなおさずそのまま人を幸せにしている。これこそが「仏の技」なのです。そういう「わが（自己）」のあり方を問題にしているのです。「人は誰でもみんな仏になる可能性（仏性）をもっている、いやそのままで仏なのだ」と仏教では説いています。むろん、現実にはなかなかあり得ないことです。

〈今〉についても、一言触れておかなければなりません。私たちが生きているのは、現在、ただ今、この一瞬だけです。一瞬前も一瞬後も生きてはいません。過去はどこに去ったのか、未来はどこから来るのか。すべてはただ今この一瞬の中にしかありません。過去と未来の一瞬の接点、この無の一点が今なのです。

直前の今が、今の今になり、今の今が、次の今になる。今しか存在しないのです。その今が、生きている限り、いつまでも次々に継起します。「永遠の今」と呼ばれる所以です。ですから、今をわが・ままに生きるということは、永遠の今をわが・ままに生きるということなのです。

人生　なりゆき　まかせ

これはよく使われる慣用句です。五三短律句とはいえません。全体の字数は同じ十一字なのですが、字余り字足らずで、五三短律句の規定をはみ出しています。ただ前句に引っ掛けて持ち出しただけです。前句と同様に、「こりゃ何じゃ?」と、主体性のかけらもない無責任な句のように思われるでしょう。でも、よくよく考えてみると、人は誰でもこのようにしか生きられないのです。

現代は、主体性、自主性、自己決定の尊重などがかまびすしく叫ばれます。しかし、その基礎にあるのは西欧的自我観なのです。主体性とか自己決定とかいう言葉だけが、その意味もよく知らないまま、ひとり歩きしています。自分らしく生きたいといいますが、その自分はいったいどこにあるのでしょうか。自分ありもしない自分を持ち出して自分らしくとは何をいっているのでしょうか。縁起的自我は空なのです。このことは後で詳しく述べますので、ここで説明することはしません。自己決定の意義については、拙著『福祉心理臨床学』で論じていますので、興味のある方はそちらを参照してください。しょせん主体性とか自己決定とかいっても、それは縁起生のものに過ぎないのです。

親鸞の言葉です。

さるべき業縁のもよほせば
いかなるふるまひもすべし

ここで、業とは行為のこと、業縁とはその行為を引き起こす条件のことです。この親鸞の言葉は、そのような行為しかできないような縁が生じたら、そのようにしか行為できないではないか、という意味です。どんな行為でもやっていいということではありません。たとえ、それが殺人というような行為であったとしても、そうせざるを得ない状況におかれれば、そうせざるを得ません。戦争を考えればすぐわかることです。自分がやらなければ、自分がやられるのです。人間なんてそう強いものではありません。

親鸞の言葉はとても厳しいのです。「なりゆきまかせ」とはそういう意味なのです。「なりゆき」を信じ、それを真摯に受け止めて「まかせる」以外にないのです。

親の　言うことは　聞くな

「親の言うことは聞くな」という言うことの聞かせ方。これは家族療法で用いられる逆説療法です。逆説療法は一般に「症状処方」というやり方をとります。また、これはふつうポジティブ・リフレーミング（肯定的意味転換）と併用されます。リフレーミングと逆説的な症状処方とはいわば双子のきょうだいで、ワンパックになっています。

たとえば、子どもの反抗に手を焼いて親が相談にみえたとします。親の言い分は大抵こうです。「今までは親の言うことをよく聞く素直なよい子だったのに、最近急に荒れだして激しく反抗するようになり、困り果てています」。「で、そういうとき、お子さんにどう接しておられるのですか？」と尋ねると、「反抗されると怖いので、子どもの言うことにはできるだけ逆らわないようにしています」。このはれものに触るような親の卑屈な態度がかえって子どもを苛立たせていることに親は気づいていません。反抗させないようにする親の解決努力が反抗を生むという逆説的現象が起こっているのです。「問題は問題ではない。問題にするのが問題である」。どんな小さいことでも問題にすれば大問題になります。逆にどんな大きいことでも問題にしなければ問題にはなりません。「今まで素直なよい子だったのに急に反抗的になって困っています」と親が悩みを訴えられたとき、「それはよかったですね。やっと反抗されるようになりましたか。思春期の反抗は成長の証ですよ。お子さんは親離れしようと必死でもがいているのです」と答えるのがポジティブ・リフレーミングです。だから、「もっと反抗させましょう。『親の言うことは聞くな』と平然と言ってください」。これが「症状処方」です。「親の言うことは聞くな」と言われて、これに反抗すると「言うことを聞く」ことになりますし、言うことを聞けば、親の命令に従って反抗することになります。子どもはどうしようもない窮地に追い込まれます。これを逆説命令による治療的ダブルバインドといいます。子どもはこのダブルバインドを乗り越えながら成長していくのです。

若い 思い出は 苦い

若い頃の思い出は苦いものです。

何であのときあんな人を傷つけるようなことをしたのだろうか、今なら絶対しないのに、と思いながら、今でもきっと同じようなことをしているに違いありません。そして五年後十年後何であのときあんな人を傷つけるようなことをしたのだろうか、今なら絶対しないのにと悔やんでいることでしょう。人生の思い出は幾つになっても苦いものです。

私には、今でも思い出すたびに胸がズキンと痛む経験があります。私が大学教員に成り立てのまだ三十代の若いころの話です。休み時間によく学生たちとソフトボールに興じていました。私はいつもピッチャー。あるときのことです。一塁に身体障害で手足の不自由なA君が出塁していました。ご存じと思いますが、ソフトボールのルールでは、野球と違って、球が投手の手を離れるまで走者は足をベースにつけていなければなりません。ところが、彼は一塁と二塁の中間あたりに平然と立っているのです。私は何気なしに「A君、ベースから離れてはだめだよ」と声をかけ、一塁に戻しました。

私の投げた次の一球は見事な弾丸ライナーでレフト前に打ち返されました。レフトはその球を拾うや否や矢のようなボールを二塁に送球しました。A君は片足を引きずりながら必死の形相で走っているのですが、如何せん、まだ先ほど立っていた中間点にも達していないのです。しまった、済まないことをした、と気づいたときはすでに後の祭りでした。友だち同士の間では、A君には障害があるのだから、ハンディとして離塁してもよい、という暗黙の了解があったのです。自分自身障害児の親でありながら、私はなぜルールをたてに彼を咎めだてしたのか。そのとき、私は自分で自分が許せませんでした。

それから随分年を経たある秋、学会の懇親会（立食パーティーでした）で久しぶりにA君と再会しました。彼はその時には某県の福祉関係で責任ある地位についていました。私はなつかしく歓談しながら、A君の皿に何度もご馳走を取ってやりました。実は、私にはあのときの贖罪の気持ちがあったのです。むろん、そんなこととは露知らず、彼は「先生にそんなことをしていただいて」としきりに恐縮していました。私にとって悔やんでも悔やみきれないあの出来事を、彼はもうとっくに忘れてくれているのでしょうか。

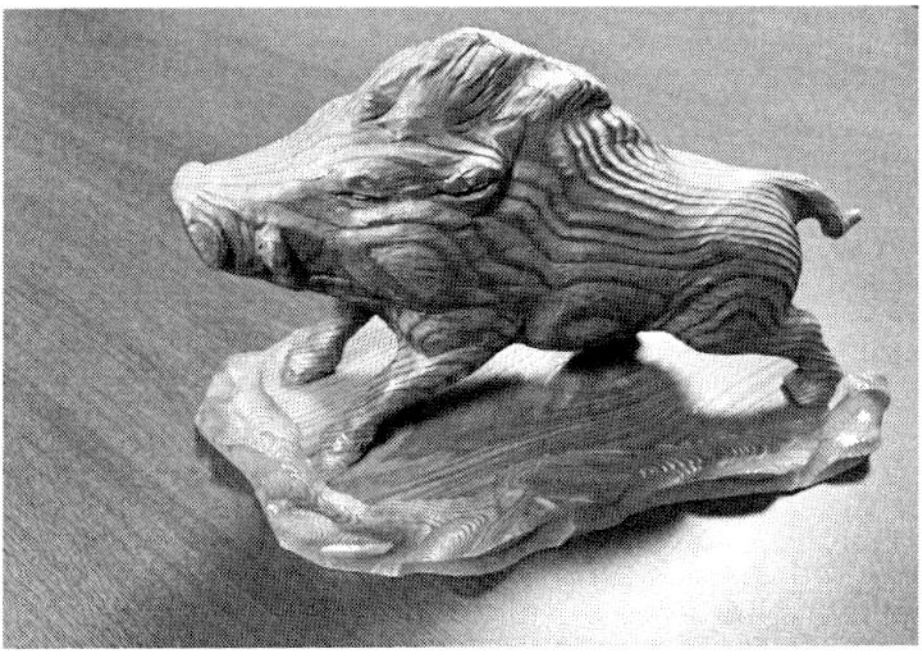

老いの残日を惜しむ

虚子の句に

秋の日は濃いし
春も濃いかりしが

というのがあります。秋の日差しは春の日差しに比べると、おだやかで柔らかく、淡いなどの形容詞で表現できる感じです。ところが、実際に秋の日差しを燦燦《さんさん》と身に浴びて味わってみると、意外に日差しの濃いことに驚かされます。この虚子の句はおそらくそうした自分の体験と重ね合わせて詠ったものなのでしょう。

人生の春が青春期ならば、秋は白秋期（初老期）です。若い者から見ると、どうも侘しい、寂しい、うら悲しい季節に感じられるのでしょうが、いざ自分が白秋期になってみると、その日差しは、青春期とは質的に異なってはいますが、同じかあるいはそれ以上に濃く、味わい深いものに感じられます。私はといえば、白秋期はもうとっくに過ぎ、今まさに玄冬期の真っ盛りにいます。しかし、冬の日差しを浴びてみると、

冬の日は濃いし
秋も濃いかりしが

という感じです。だから生きていけるのでしょう。老いの日々を句にすれば、

今日も　恙なく　暮れた
日々が　おだやかに　過ぎる

とても充実した日々を送っています。もうこれ以上年を取りたくはありません

が、だからといって、若返りしたくもありません。若い頃の自分を思い出すと、ぞっとします。二度と同じ人生を歩みたくはありません。そういう意味では、今が一番幸せなのかもしれません。老いのおだやかな日々もいいものです。

冬に　庭の木が　芽吹く

「冬は　庭の木が　枯れる」ものです。でも、その枯れた木が、厳冬のなかでやがて来る春にそなえて、芽吹いている生命の力を感じます。

人生はよく四季にたとえられます。私は今、玄冬の季節を生きています。もう春が来ることはありません。でも今でも何かが芽吹いています。この「五三短律句　事始め」もそのひとつかもしれません。出版できるかどうかはわかりませんが、次の本の構想もすでに出来上がっていて、現在執筆中です。仮題は『ナッシング・グレートの臨床哲学　止観・坐禅のテキストに学ぶ』です。かなり分厚い本になりそうです。

幾つになっても、命ある限り、つねに芽吹くものなのですね。ちなみに、私は今年（令和五年）米寿を迎えました。

枯れつつありますが、まだ枯れ切ってはいません。

枯れた　この身にも　いまだ

日本昔話の「花咲か爺さん」ではないのです。枯れ木に花を咲かせるつもりはありませんし、枯れ木に花が咲くわけもありません。

冬の庭の木は、枯れているように見えて、たしかに生きているのです。たとえ春を迎えることはないにしても、枯れ木になる前に、もうひと花咲かせようというのです。毎日、せっせと枯れ木に水をやっています。うちのカミさんは「もういい加減枯れたら」といつも言います。

思う　ゆえに我　ありか

この文は読まないでください。ややこしすぎます。

ご存じ、デカルトの「我思う　ゆえに我あり（コギト　エルゴ　スム）」です。デカルトは断定文ですが、この句では、疑問文になっているのがミソです。

デカルトは、あらゆる存在を本当に存在するのかと疑って疑って疑い抜いてなお、いま自分が疑っていることそれ自体、そして疑っている自分自身の存在自体は疑い得ないものと考えたのです。これがこの命題の意味するところであり、自己の存在証明です。デカルトの方法的懐疑といわれています。彼はこの命題を自分の哲学の第一原理に据えました。

しかし、この絶対と思われる命題にもいくつかの疑問があります。

一つは、「思う」と「ある」の関係です。

確かに疑っていることそれ自体は疑えないというのは真理だとしても、だからといって、そこからなぜ「ある」といえるのか、という疑問です。これはカントが提出した問題です。次のよく議論される問題に置き換えるとわかりやすいでしょう。

「見えるからある」（唯心論）のか、それとも

「あるから見える」（唯物論）のか

私たちは、ふつう意識の外側に客観的事実が実在していると確信しています。しかし、この確信は客観的に実証することは不可能です。なぜなら、いくら最新の精密な測定器で客観的証拠を記録したとしても、結局はそのデータを見て解釈しなければ（つまり、意識を通さなければ）ならないからです。機械に記録しただけでは何の意味もありません。実在の確信の根拠は、今目の前にコップが見えているという事実は疑えないという意識の不可疑性にもとづいています。

「見える」と「ある」を二元論的に分別した議論はあまり生産的ではありりま

せん。仏教的一元論からいうと、

「見えるからある」のでも、「あるから見える」のでもありません

「見えるから見える」のであり、「あるからある」のです

自他未分の一元的世界では、「見えるなら見える」だけ、「あるならある」だけです。しかもこの二つはたがいに妨げ合うことも否定し合うこともありません。実は同じ一つのことを言っているのです。道元は『正法眼蔵現成公案』の巻の中で、「一方を証するときは一方はくらし」（一方をいうときは一方だけ、他方は影で姿を現しません）と表現しています。

もう一つは、「我あり」の我と行為の関係についてです。

デカルトでは、冒頭に「我思う」と「思う」という行為以前に我が存在しています。もともと「コギト」は〈考える〉とか〈意識する〉という意味のラテン語の一人称単数形です。だから、

思う　故に我あり

とすべきであるという説を何かの本で読んですごく納得したことがありました。そもそも「我思う」の〈我〉と「故に我あり」の〈我〉とは同じ〈我〉なのでしょうか。「我思う」の〈我〉は現在ただ今何かを思っている実存的な〈我〉です。それに対して「故に我あり」と言い切ってしまうと、その〈我〉は一般化された超越的な本質的実体としての〈我〉になってしまいます。〈故に〉には論理的飛躍があるのです。そこで、デカルトの基本命題を活かすとすれば、

思う　ゆえに思う我あり

とした方が、「行為存在論」の立場からはいいのではないかと思うのですが、このようなややこしいことは哲学者でもない私如きの考えることではありませ

ん。

実は、デカルトの二千年以上も前に、釈迦がこれと同じようなことを言っているのです。南直哉は「スッタニパータ」から次のような偈《げ》を紹介しています。


〈われは考えて、有る〉という〈迷わせる不当な思惟〉の根本をすべて制止せよ

〈われは考えて、有る〉は、デカルトの定理そのものを彷彿とさせます。しかし、釈迦のいう〈考え〉は、〈迷わせる不当な思惟〉のことです。それは、実体なきものをあたかも実体あるがごとく妄執することです。だから、その根本をすべて制止せよと諭しているのです。デカルトの思想とはまったく似て非なるものなのです。

さらにもう一つ。釈迦が出てきたついでに、「我の縁起説」について考えておきましょう。

近代西欧思想の出発点が「自我の自覚」にあったとすれば、東洋思想のエポックメーキングは「無我の発見」であったといいます。仏教の存在意義は苦の原因が〈無我〉に対する無明（無知）であると洞察したところにあります。デカルトにはじまる近代西欧的自我観は、心身二元論の立場です。私たちは、現に「私」という存在があり、それを中心に現実世界が現前しているために、自我なるものが実体として存在し、それとは独立に実体として存在している現実世界を生きていると錯覚しています。そして現実のただ今の自己の存在を確実なもの、常住なるものとして執着するのです。自我の実体視です。

これに対して、「非有非無（空）にして、また是れ有（我）なり」（本来、有るのでもなく無いのでもないが、現象としては確かに有る）というのが仏教の縁起的自我観です。「本来、〈空なる私〉が遇縁によって現に今ここにこうして縁起している、と同時に縁しだいで別様にも縁起しうる」と言い換えても同じです。ただ今の一瞬一瞬を縁起のままに仮そめに「私」たらしめられているということが本来的な自己存在のあり方なのです。因縁を離れた実体的な「私」という存在などなく、縁起なるものは無自性・空なのです。自性とは他から独立して、自らによって自らたらしめている性質のことをいいます。縁起の構造は、自に依《よ》って他があり、他を待って自があるところの相依相待《そうえそうたい》的関係ですから、縁起生のものは無自性であるといわれるのです。

「我あり」といっても、そもそも西欧的自我観と仏教の縁起的自我観とは根本的に異なっているのです。

例示

私の悪い癖です。話がややこしい言葉遊びになりすぎました。もうやめにしましょう。これ以上やるとますます込み入って、五三短律句の本分から外れてしまいます。以下、思いついたままの愚作を列挙します。汗顔の至りです。

君の　一言に　うるる（ズキン）
いきな　はからいに　キューン
人の　やさしさに　ホロリ
凛と　美しい　仕草《しぐさ》
春の　野や山は　のどか
夏の　木漏れ日は　すずし

秋の　月影が　さやか
冬の　陽だまりに　いこう

老いの　おだやかな　一日《いちひ》
朝は　さわやかに　目覚め
昼は　すこやかに　過ごし
夜は　やすらかに　眠る

老いの　交わりは　あわい
老いた　死ぬまでの　命《いのち》
老いが　忍び寄る　じわり
老いの　虚しさに　こごえ

お前　老いをどう　生きる

それに　なやむのが　迷い
直《じき》に　お迎えが　来るさ

覚悟　やがてくる　その日
やがて　日が暮れて　闇へ
もはや　夕暮れも　去った

冬の　落日は　早い
しずか　暮れなずむ　ひととき
里の　たそがれが　さみし
霧が　山すそに　けぶる

めぐる　古池の　ほとり
カモが　群れ遊ぶ　水辺

晴れた　旅立ちに　いい日
梅雨が　どんよりと　重い
雨に　庭先が　ぬれる
ぽとり　雨だれが　落ちる

はるか　いまだ道　半ば
夜の　暗闇に　迷う
明けの　明星に　さとる（釈迦）

冬　雪さえて　すずし（道元）
花は　愛惜《あいじゃく》に　ちり
草は　棄嫌《きけん》に　おふる（道元）
実る　山里の　田畑

雲が　夕焼けに　はえる
萌える　山々の　木々が

歩く　雲水の　ように
じっと　虚しさに　耐える
おびえ　見捨てられ　不安

決めた　是非もない　ことだ
そんな　ばかなこと　やめて

なんだ　それだけの　ことか
別に　なんてこと　ないよ

そうか　それがそう　なのか

そうか　それが彼　なのか
そうよ　それが彼　なのよ
きっと　そうなのだ　あれは
これが　生きるって　ことか

何を　どうしたら　いいの
何も　しなくても　ただ
そばに　いるだけで　いいよ

いかん　ついやって　しまう
ダメね　そんなこと　やって
ごめん　もうしない　つもり

お前　きかせろよ　とんち

むすび

いかがでしたか？

駄作です。理屈っぽい教訓的な格言や標語みたいなものばかりです。これが「五三短律句」か、と思い違いしないでください。ただ三・五・三の言葉遊びを例示したまでのことです。五三を基調とした定型句でも何がしかのことが表現できることを理解していただければ、それで十分です。

詩や句は、見たまま、聞いたまま、感じたままを言葉にすることが大切だといわれます。しかし、それが単なる個人的な体験だけでは、人に何かを感じさせることはできません。最近、家族旅行で山口県の湯田温泉で遊んできました。土産に名物の外郎《ういろう》を買いました。そこで、

湯田で　外郎を　買った

確かに、三・五・三ではあります。外郎を買ったのも事実です。でもこれではちょっと。「それは　よかったね」というだけのことです。ただ事実を言葉にしただけでは五三短律句とはいえません。

もっと普遍的な誰の心の奥にも潜んでいる、生きる悲しみや苦しみ、辛さ、虚しさ、孤独、あるいは愛のせつなさ、やるせなさ、よろこびといった人生の機微に触れたものでなければ、人の心を打つことはできません。ただそれがあまりにも表に出過ぎるとダサクなります。

温田温泉の帰りに門司のレトロ街に寄りました。その日はあいにく朝から小雨模様で傘をさしての散策でした。幸い途中から雨が上がり、見上げると雲間に青空が広がって、鳶が一羽悠然と舞っていました。そのとき詠ったのが、**はじめに**で冒頭に例示した「鳶《とび》が　雨上がる　空に」です。この句も見たままの経験ではありますが、何かを感じさせます。島崎藤村が「名も知らぬ遠き島より流れ寄る椰子の実一つ」に故郷を離れてさまよう自分の人生の憂いを重ねて

「故郷の岸を離れて汝《なれ》はそも波に幾月」と詩にしたのと同じです。鳶は自分の仮託であり、「雨上がる」からには、上がる前は雨が降っていたに違いありません。人生の雨風です。

相田みつをの詩のなかでもっとも禅的な思想を反映したものの一つが例の「雨の日は」です。誰でも知っている詩です。みつをの解説によりますと、「雨の日には、雨を、そのまま全面的に受け入れて、雨の中を雨と共に生きる。風の日には、風の中を、風と一緒に生きてゆく」という意味です。何も特別のことではなく、ごくあたりまえの生き方です。人間誰しもそうとしか生きようはありません。私は拙著『人生　ご破算で願いましては　ゼロと空の生き方』の中で、雨の日は雨に成り切って雨をゼロ化し、風の日は風に成り切って風を無化するという言い方をしました。

こうして雨や風を凌《しの》いでいると、いつか穏やかな晴れの日が訪れます。人生の雨が上がるのです。そして空に一羽の鳶がゆうぜんと舞っている、最初の句には、そんな情景が誰の心にも浮かびます。

その点、古今の名作はさすがです。
長い伝統をもつ短歌や俳句はいうまでもなく、感じたままを自由に表現する非定型の自由律俳句にも人生を感じさせるすぐれた句がたくさんあります。自由律俳句を代表する俳人に尾崎放哉や種田山頭火らがいます。

現在もまだ山頭火ブームが続いていて、大勢の山頭火ファンがいます。私もその一人です。彼に関する本は夥しく出版されています。そのなかの数冊を読んだだけの知識で申し訳ありません。それによると、彼は四十歳を過ぎて出家得度した曹洞宗の禅僧です。四十四歳のとき、若くして自殺した母親の位牌を抱いて、解くすべもない苦しみを背負いながら乞食放浪《こつじきほうろう》の旅に出ました。彼は、これは「業だ、カルマだ」と自分に言い聞かせながら、一笠一杖、一鉢を手に生涯ただひたすら歩きつづけます。

山頭火は、一方では子どものような純粋無垢の澄んだ心を持っていた半面、他方では禅僧でありながら、酒に溺れ女につまずくどうしようもない愚かな破壊僧でした。このことは彼自身よく自覚していて、つねに自責の念に駆られていました。「澄む水の流れつつ濁る」ような人生で、おそらく生涯「濁れるままに澄むこともなく」ただ放浪しつづけざるを得なかったのでしょう。澄と濁、迷と悟の両極端を揺れ動いたのが山頭火の生き方の特徴だったといわれています。

彼の行乞《ぎょうこつ》の一歩一歩はまさに歩行禅と呼ぶにふさわしいものでした。その一歩一歩からあの珠玉の一句一句が生まれたのです。彼の詠む句には、どうしようもない孤独の淋しさが詠嘆《えいたん》されています。それが山頭火ファンの心の琴線に触れるのです。

山頭火研究の第一人者である村上護によりますと、山頭火は日記に「一句は一句だけの身心脱落である」と書いているそうです。村上は、「禅僧としての山頭火にとって、禅で言う一歩は一歩の身心脱落であり、一句は一句の脱落身心ではあるまいか」と解釈し、ここに山頭火の禅僧としての道と俳人としての道が一つにとけ合っている、と言っています。

山頭火に限らず、誰が詠む句にも、どうしようもなくその人のあり方や生き方が現れるものです。それが人の心を打つのでしょう。

「すべての言葉にはそれを言った人がいる」と言った人がいます。オートポイエーシス理論の創始者の一人マトゥラーナです。同じ言葉でも、それを誰が言ったかでその重みはまったく異なります。先の「湯田で　外郎を　買った」にしても、私が言っても別段何てことありませんが、もし、あの大谷選手が言ったとすると、まったく別の特別な意味をもつことになります。

それでは五三短律句ではどうでしょうか。三・五・三の定型句で心の琴線に触れるような言葉を紡ぎ出すことはできないものでしょうか。それは、放哉や山頭火の句が示してくれているように、けっして難解な言葉ではなく、誰もがふつうに使っている平易な言葉であるに違いありません。その一言で、「そうだよなぁ」と自分の人生を深く振り返らせてくれるような言葉です。でも、それは途轍《とてつ》もなく困難な作業です。放哉や山頭火のような言葉に対する天賦の才に恵まれた人でないと不可能なことなのかもしれません。要は、詩想があるかないかの問題です。

そんな高尚なことはさておき、五三短律句は私たちのような凡庸な人間が誰でも気軽に楽しめる言葉遊びを提案しているのです。愚作をご覧になって、そんなことなら私にもできると安心されたでしょう。ぜひ、ご一緒に言葉遊びを楽しみましょう。私には無理でも、そのうち誰かがすごい五三短律句を詠んでくれるかもしれません。

「鳶が鷹を生む」ことになれば、これに過ぎたる喜びはありません。

投稿先

少しでも興味をもたれた方は、一緒に作句してみませんか。

三・五・三の定型を原則としますが、一句に一字程度の字余りや字足らずには目をつぶりましょう。

その方が作句に幅がでます。

十島 空我

五三短律句ご投稿ページ
https://kuuga-toshima.jp/53-form/

〒892-0871　鹿児島市吉野町10793-1
きずな学園
Fax　099-244-3227
E-mail　ako-kizuna@tuba.ocn.ne.jp

著者プロフィール

十島《としま》　空我《くうが》（本名 雍蔵《やすぞう》）

1935年　博多に生まれる
1960年　九州大学文学部哲学科（心理学専攻）卒業
1965年　九州大学大学院文学研究科博士課程（心理学専攻）単位取得修了
1968年　文学博士（九州大学）

現　在　鹿児島大学名誉教授・志學館大学名誉教授
　　　　社会福祉法人　吾子《あこ》の里《さと》　会長
専　門　臨床心理学（家族システム療法）・福祉心理臨床学・仏教心理学
叙　勲　2015年４月　瑞宝中綬章
表　彰　1997年11月　児童福祉法制定50周年記念厚生労働大臣表彰
　　　　2021年１月　日本家族心理学会功労賞
著　書　専門書：『サティ 気づけば変わる 釈迦の精神療法』（2021年）、『Ｔ式カップル言語連想法 治療的会話の継続と展開のツールとして』（2010年）、『発達障害の心理臨床』（2008年）、『福祉心理臨床学』（2004年）、『家族システム援助論』（2001年）、『心理サイバネティクス』（1989年）。
　　　　エッセイ：『生き方の美学』（2002年）、『空我を生きる』（1998年）、『はて、どう生きようか』（1995年）。以上、ナカニシヤ出版。
　　　　『人生 ご破算で願いましては ゼロと空の生き方』（2015年）
　　　　『禅マインドフル・サポート実践法の提言について』（2023年）。自費出版。
　　　　その他、著書・訳本多数。

五三短律句　事始め

発　行／2024(令和６)年３月

発行者／社会福祉法人　吾子《あこ》の里《さと》
会長　十島雍蔵

制　作／南日本新聞開発センター
〒892-0816
鹿児島市山下町9-23
TEL：099-225-6851